L'HOMME

AUX PRISES AVEC LE MALHEUR,

ou

LES CONSOLATIONS

DE LA RELIGION,

ODE MORALE ET SACRÉE.

Et quo fata ferunt, retrahuntque, sequamur.
VIRG.

OUVRAGES DE L'AUTEUR :

Les Protecteurs à la mode, satyre en vers français.

L'Art poëtique d'Horace, traduction en vers français, lu à l'Athénée de Paris par l'auteur.

Les Saturales du Parnasse, satyre en vers français.

La Paix, ode nationale sur le retour du Roi.

Epître aux mânes de Delille.

Hymne au Soleil ou *Hommage à la Divinité.* (Déjà imprimé plusieurs fois.)

Les mariages des fleurs, traduction en vers français du *Connubia florum.*

De *Démétrius Delacroix*, médecin irlandais, dont les beaux vers latins se trouvent dans le *Poemata didascalica.*

Cette traduction, quoiqu'inédite, mais qui doit incessamment paraître, est depuis long-temps connue par les lectures qu'en a faites l'auteur au grand Athénée de Paris, rue du Lycée, et au Comité de médecine et de botanique, à Amiens, où se trouvaient MM. Rigolo père, Barbier, Caudron, etc., docteurs.

Un *Recueil de Poësies fugitives*, dont divers fragments se trouvent dans les Almanachs des Muses des années précédentes, etc., etc.

L'HOMME

AUX PRISES AVEC LE MALHEUR,

ou

LES CONSOLATIONS

DE LA RELIGION,

ODE MORALE ET SACRÉE,

QUI A CONCOURU POUR LE PRIX DÉCERNÉ PAR L'ACADÉMIE D'AMIENS,
EN SA SÉANCE DU 26 AOUT 1824.

PAR

F.-M. Cornette,

BACHELIER ÈS-LETTRES, ANCIEN PROFESSEUR DE RHÉTORIQUE EN
L'UNIVERSITÉ DE PARIS.

A AMIENS, DE L'IMPRIMERIE D'AUG. CARON, PLACE PÉRIGORD, N. 1,

1825.

Prix : deux francs.

A PARIS,

Chez DENTU et LADVOCAT, au Palais Royal.

A AMIENS.

Chez CARON-BERQUIER, rue des Sergens; CARON-VITET, rue
Saint - Martin; ALLO et DOLLIN, libraires, dans la Halle;
et chez Mad. DARRAS, libraire, rue des Trois-Cailloux.

DISSERTATION

PRÉLIMINAIRE

ET

ANALYSE DE L'OUVRAGE.

Et rursùm post tenebras spero lucem.
De libro JOB.

Le public littérateur portera sans doute un regard judicieux sur les motifs qui m'engagent à publier en ce moment cet ouvrage *qui n'a point été couronné par l'Académie d'Amiens, en sa séance du 26 août dernier* (ce n'était point là l'objet de mes désirs ambitieux), mais auquel on n'a point même daigné accorder la plus légère mention d'honneur, quoiqu'il soit passé en axiôme que, dans tout écrit, *sunt multa mala, sunt aliqua mediocria, sunt quædam bona.* Je suis donc obligé de réclamer contre un jugement absolu et négatif; et si, comme le dit le bon Horace, le *non omnis moriar* doit être le motif

consolant des travaux du génie, moi, *a dissimili*,
peu jaloux de l'honneur de reculer les bornes de
mon existence au-delà du terme de sa durée physique, c'est pour mes seuls contemporains que j'ai
voulu exhumer ces restes littéraires de la nuit pro-
fonde sur laquelle on a voulu rouler la tombe
énorme de l'oubli; mais où, cependant, ils pour-
ront peut-être trouver ce que l'auteur précité appelle lui-même, *disjecti membra poetæ;* honneur
bien médiocre, dira-t-on, en comparaison de
l'éclat glorieux que répand autour d'elle une cou-
ronne académique; mais honneur qui me plaît
avant tout, qui ne gênait en rien les intentions
particulières et peut-être un peu trop manifestes de
l'Académie; honneur, enfin, qui ne m'a point été
accordé par mes juges, souverains dispensateurs de
la louange et du blâme; quoique mon ouvrage ait
été fait d'après leurs données, leurs intentions, dans
le cadre le plus conforme au sujet; enfin, avec
l'élévation et la dignité du style qui convient à l'ode,
et surtout à l'ode sacrée......, *quod videbitur infrà.*

Il n'aura point, ce public impartial, à prononcer
entre onze concurrents, quoique le moyen le plus
expéditif, dans la nécessité de trouver *un premier*,
serait de le préjuger, de le proclamer d'avance et de
condamner les dix autres, *ignobile vulgus*, au re-
gret d'avoir pu croire un moment à l'impartialité,...
Et le découragement alors s'empare du génie; et le
dégoût suit de près l'injustice; et l'on s'aperçoit

bientôt que *viæ Sion lugent, eò quod nemo est qui veniat ad solemnitates ejus;* et........ je m'arrête, car on ne peut pas tout dire en une fois; je reviens donc à mon premier motif.

Ici, lecteur bénévole, et surtout lecteur éclairé, c'est-à-dire lecteur sans passion, vous rendrez sans doute avec moi un tribut d'hommages à l'Académie, en disant qu'elle a été bien inspirée quand elle a proposé un sujet aussi noble, aussi grand que celui des *Consolations de la Religion*, et qui, à plus d'un titre, *fera époque dans les fastes de ses séances publiques.*

Cependant il faut avouer qu'aucun sujet n'offrit jamais plus de difficultés; et l'Académie elle-même eut été peut-être fort embarrassée, si elle avait eu à prescrire le cadre étroit qui seul lui convenait; elle n'a pu juger que sur les différences. Par sa proposition seule, les auteurs se trouvaient placés entre Carybde et Scylla, et obligés de voguer entre deux écueils également redoutables; ce qui a fait remettre le prix à l'année suivante, comme je l'avais prévu, et comme je l'ai dit publiquement dès la première. Ces écueils étaient, d'un côté, l'exaltation, la prétention à un sublime d'enthousiasme profane, et la ressource, peut-être nécessaire, des images gigantesques qui frappent, étonnent, quand par une éloquente simplicité on devait émouvoir et convaincre. *Professus grandia, turget.*

De l'autre, le respect dû aux grandes vérités, comme aux personnages illustres de l'Histoire sainte;

l'observance la plus exacte des principes et des faits sacrés, quoique bien de nature à exciter un enthousiasme religieux, devaient étrangement arrêter les élans du génie poëtique, dont, après tout, un sujet si auguste n'avaitpas besoin ; et quand l'Académie demandait *un poëme,* il pouvait très-bien se faire que des auteurs, redoutant le merveilleux et l'emphase, se trouvassent satisfaits de ne lui offrir qu'un sermon. *Serpit humi, tutus nimium, timidusque procellæ.*

Mais l'an dix-huit cent vingt-quatre a vu se terminer ce grand débat entre l'esprit et la raison, entre le merveilleux et la vérité. Elles sont enfin levées ces difficultés inextricables !...... Le prix est enfin accordé, et, plus que tout cela, il est mérité sans doute; et tout le monde est content, je dis tout le monde, quoique je n'aie point pris l'avis des concurrents dont l'amour-propre aurait pu sans doute être un peu plus ménagé, d'abord par un peu moins d'afféterie publique pour le vainqueur, dont un honorable membre, oubliant qu'il manquait en cela de prudence, rassurait la prétendue timidité en lui disant qu'*il était avec ses amis,* ce que chacun savait aussi bien que l'auteur, déjà connu publiquement et malgré la foi du secret depuis plus de huit jours, et ce qui annonçait aussi que nous, *animæ viles,* nous étions devant nos juges, *Discite justitiam moniti,....*

Ensuite, c'est que pour dire que les autres concurrents n'avaient point rempli le cadre et péchaient

contre le style, ce n'était point la peine d'en parler ; et c'est surtout ce qu'il fallait prouver, d'après
le précepte logique, *da rationem negati*. Mais comme
les pièces *au rebut* ne sont point soumises à un
examen public, on pouvait, pour ne blesser personne, les passer sous silence ; et chacun des inté-
ressés eut applaudi au triomphe du vainqueur et à
l'équité de ses juges, en se croyant plus éloigné du
but par des fautes plus grandes et plus multipliées
que celles qu'on lui imputait. Par exemple, vous
m'éloignez, moi ou tel autre, pour n'avoir point
rempli le cadre ;.... voyons donc ce que c'est qu'un
cadre, car enfin, avant tout, il faut savoir définir.
Un cadre, selon l'acception du mot trop restreint par
l'Académie, est une circonscription de bornes, un
certain ordre dans lesquels un auteur doit établir
et diriger sa marche pour atteindre à la plénitude
comme à la hauteur de son sujet ; ainsi, d'après l'a-
dage qui dit que

Tous les genres sont bons, hors le genre ennuyeux,

je puis dire avec assurance, d'après la définition
précitée : tous les cadres sont bons, quand ils sont
formés dans toute l'observance des conditions pres-
crites par le mot lui-même. La différence dans la
marche ne doit point être un motif d'exclusion.
Ainsi, quand deux voyageurs attendus à une certaine
distance, mais séduits par l'attrait des chemins dif-
férents, dirigent leurs pas, l'un à droite, l'autre à
gauche, il est bien certain que le premier parcou-

rant une ligne droite devancera son compagnon ,
qui, s'avançant par des sentiers obliques et sinueux,
doit nécessairement avoir éprouvé quelque retard ;
mais, enfin , tous deux sont arrivés, tous deux ont
rempli la convention faite avec celui qui les attend
au terme du voyage. Voilà , je crois, l'emblême d'un
cadre. Le titre à remplir ; la conviction à opérer ;
voilà les deux seules conditions immuables, l'objet
et le but du voyage. Les formes, l'élocution , les
nuances du style, les pensées, l'ordre, la gradation
des images et leurs diverses localités, voilà la
marche plus ou moins directe, plus ou moins rapide; mais dont l'usage , plus ou moins observé ,
est à la volonté du génie et dont l'omission partielle
ne peut encore être un sujet d'exclusion totale.
Car, enfin, s'il est juste d'être répudié pour les
fautes que l'on a faites, il ne l'est pas du tout
d'être de même mis à l'écart pour quelques beautés qu'on a négligées, et qui ne sont que la suré-
rogation du talent, et c'est encore un mérite de
pouvoir dire avec Horace :

. . . . . . vitavi denique culpam,
non laudem necrui. . . . . .

Maintenant je reviens à ce qui me concerne par-
ticulièrement; et comme je ne suis point de ceux
qui noircissent les autres pour en paraître plus
blanc, blessé, je mettrai tous mes soins , en par-
lant dans ma cause *et pro parte virili*, à ne blesser
personne, quoique cela soit bien difficile....

. . . . Quis talia fando
tempet à, etc. . . . .

Mon seul objet est d'éclairer sur le genre de mon
ouvrage et sur la manière dont j'ai dû le traiter. Le
public lettré qui n'est point *mon ami*, parce qu'il
n'a point de raisons pour cela et que, d'ailleurs, je
lui suis peut-être étranger, me jugera sans partia-
lité, parce qu'il n'a point, lui, d'autorité pour être
partial impunément ; ni de passions particulières
qui le portent à l'engoûment ou à une prévention
défavorable autant qu'injuste.

Et d'abord, pour mettre mes lecteurs à portée
d'assigner à cet ouvrage sa véritable place, deux
objets de considération se présentent ici : 1° ce que
je pouvais faire pour qu'il fut plus brillant dans ses
parties, mais peut-être aussi plus défectueux dans
son tout ; 2° comment je l'ai fait pour être au ton
de la majesté de mon sujet, sans pourtant oublier
la noble simplicité qui lui convenait ; pour parler
au cœur et produire la conviction par des images
vraies, plutôt qu'une admiration sèche par le merveilleux d'une élocution spécieuse et la fausse appa-
rence des situations grandement présentées, mais
controuvées et factices ; enfin, pour atteindre la
plénitude de mon titre et remplir exactement le
cadre que je m'étais prescrit, par la liberté que
chaque auteur a de se créer le sien, comme je l'ai
démontré plus haut.

D'abord, j'aurais pu ressasser l'histoire soit ancienne, soit moderne, pour y trouver un tyran, fléau de l'humanité, persécuteur atroce de la vertu et des sectateurs d'un culte sacré. Voilà mon héros principal. Mais, comme le repentir m'eut été à la fin nécessaire dans ce monstre, pour qui la nécessité de pardonner, *si toutefois pardonner est bien ici le vrai mot*, eut été un tourment plus affreux que l'appareil de la mort pour ses victimes, j'aurais introduit le serpent appellé remords dans son cœur, au risque de blesser la tradition et le précepte d'Horace qui veut que l'on conserve inviolablement à un personnage historique ses mœurs et son caractère; ou, s'il est inventé, qu'il garde toujours les traits qu'il a plu à l'auteur de lui donner.

Aut famam sequere,

voilà pour le premier;

aut sibi convenientia linge
. . . . .servitur ad imum
qualis ab incœpto processerit, et sibi constet;

voilà pour le second.

Docile à la voix de la Religion, il aurait, pour la première fois, écouté celle de la pitié; il aurait, disons-le encore une fois, *pardonné*.

Mais l'on m'aurait dit alors : « c'est *l'empire et le* » *triomphe de la Religion* que vous avez traités et non » *ses consolations*, et l'Académie judicieuse ne pourra point couronner un titre qui n'est pas le sien. »

Je n'ai pas tout dit encore. Comme le succès d'un

ouvrage , dans la manière de juger de certaines personnes d'esprit , dépend souvent du titre de l'ouvrage lui-même, j'aurais pu faire du nom pompeux de mon héros le titre de ma pièce et lui en attribuer le rôle principal , qu'il n'aurait cependant jamais joué; et c'est alors que ce même censeur, sévère , mais sans âpreté, m'aurait encore dit : « A quoi »donc avez-vous pensé en faisant le pivot de votre »pièce d'une situation où votre principal personnage »ne s'est jamais trouvé et d'une action qu'il n'a pu y »faire ? Ne voyez-vous pas que vous ruinez l'édifice »de votre poëme , en l'établissant sur un titre faux , »et que vous ne présentez qu'une fable , un vrai ro- »man : erreur impardonnable , et que tous les traits »de la poësie la plus brillante prétendraient vaine- »ment effacer; et c'est ici le *desinit in piscem , mulier* »*formosa superne.* »

Voilà donc comme j'aurais pu composer un beau poëme fourmillant, d'ailleurs, de beautés et d'images poëtiques dans ses parties, mais vicieux dans son tout et surtout mensonger et nul dans sa fin , parce que rien de semblable ne serait dans l'histoire pour confirmer une assertion qu'elle démentirait, au contraire, bien formellement.

Voyons maintenant comme j'ai rempli ma tâche, sans pourtant croire que j'aie bien fait; ce que j'aurais grand tort de vouloir prouver, puisque je n'ai pas pu obtenir, je ne dis pas un prix auquel j'étais loin de prétendre , mais même la plus légère distinction ; voyons du moins si je l'ai méritée.

ANALYSE DU POËME.

Simple dans mon action , ainsi que dans ma marche , je n'ai point oublié qu'en faisant une *ode* , j'y joignais le titre de *morale et sacrée* et que si je devais donner quelqu'attention au sublime et à la majesté de cette première partie de mon titre , la morale exigeait aussi impérieusement la sagesse des raisonnements et l'évidence, ou tout au moins la probabilité des preuves , pour attribuer au mal physique et apparent, des causes morales et secrètes , ce qui n'est point étranger à mon sujet.

Ici doit nécessairement se présenter la disposition de mon cadre et l'ordre observé dans ma marche.

Dès ma première strophe, j'aborde, au 4ᵉ vers, ainsi mon sujet :

La voix d'un Dieu consolateur....

Après une invocation à la Religion elle-même , à l'Espérance et enfin à la Prière, douce et bienveillante messagère de la terre aux cieux, dans les 3ᵉ et 4ᵉ strophes , j'aborde la grande question métaphysique sur ce qu'on appelle communément le malheur ; et , par un dilemme qu'on ne peut contester en morale approfondie par la Religion elle-même , je dis : ou l'homme souffrant est puni de ses fautes antécédentes, et c'est alors à lui de se juger sans complaisance pour lui-même ; ou c'est par une faveur spéciale que , pour éprouver sa constance comme l'or dans le creuset, la bonté prévoyante d'un Dieu rémunérateur oppose à son courage des luttes terribles, mais dont il sait qu'il doit sortir vainqueur; et dans cette seconde supposition, fort du suffrage de sa vertu, c'est encore à lui, dans l'espoir d'un triomphe glorieux, de souffrir, d'espérer et d'attendre. Par ce dilemme, dis-je, j'ai voulu prouver qu'il n'y a rien de réel dans le mot malheur, que ce nom, dont on se sert pour désigner l'une et l'autre de ces deux situations. Je crois donc avoir eu raison de dire:

Le bras qui l'a frappé, l'éprouve ou le punit.

Et c'est dans la 5ᵉ, 6ᵉ et 7ᵉ strophes que se développent ces grandes vérités, premier motif de consolations religieuses.

Dans les strophes 8, 9 et 10, je prends l'homme presqu'au berceau pour l'amener, par une transition rapide, au moment de l'explosion des passions qui doivent amener à leur tour des fautes, des vices, des crimes peut-être, pour les suites desquels il aura besoin plus tard des consolations de la Religion; et un vers que l'on saura remarquer annonce cet orage allégorique :

J'entends à l'horison murmurer la tempête.

Le lecteur ne sera pas moins porté à fixer son attention sur le moment où l'orage des passions fait son explosion :

Cependant il s'avance, il approche, il éclate
Au sein du plus affreux fracas.....

D'abord, la gradation dans le premier de ces deux vers; ensuite, l'harmonie imitative dans le second pour peindre le déchirement de la nue. C'est ainsi que Virgile peint l'effet de la *scie* par l'heureux emploi de la consonne *r* qui retentit sept fois dans le même vers;

Tum ferri rigor, atque argutæ lamina serræ;

ce que Delille a rendu moins bien, quoique avec l'intention de l'imiter :

J'entends gémir l'acier sous la lime mordante.

Et que l'on se garde bien d'attribuer à la vanité ces citations de moi-même; l'on a voulu me passer sous silence, je revendique mes droits à l'honneur, si toutefois j'en ai quelques-uns, et c'est au public impartial que je présente mon appel et ce que je crois mes moyens de défense.

Me voici déjà depuis long-temps en plein rapport avec mon sujet, auquel toutes les strophes conductives n'ont cessé de se rattacher. Je continue mon analyse.

Dans la première strophe des 11e et 12e, j'expose la différence qui existe réellement entre le crime et l'erreur des passions; et pour ne point faire un abus des *consolations de la Religion,* je veux prouver qu'il n'y en a point pour les forfaits qui naissent d'une âme familiarisée avec l'habitude de la perversité. Dans la seconde, je trace la nuance qui fait la différence du remords, mot trop souvent employé

pour signifier le repentir, et du repentir lui-même
qui seul a le droit d'implorer ces consolations.

> *L'un est ce morne effroi né de l'horreur du crime;*
> > *Sur ses pas vautour assidu;*
> *L'autre est* . . . .
> *Cet élan qui, du cœur interprète sublime,*
> *De l'accent de l'amour appelle la vertu.*

Et cette différence, je l'ai sentie en moraliste, et je
crois l'avoir exposée en poëte.

La strophe 13ᵉ, qui contient la traduction de mon
épigraphe, indique suffisamment le motif, l'objet
et la grandeur de mon sujet; c'est le centre vers le-
quel se meuvent l'action, les pensées et les diverses
nuances du style.

Dans la 14ᵉ, jusqu'à la 17ᵉ, je jette un coup
d'œil rapide sur quelques religions factices qui ont
eu également des martyrs, mais entraînés par un
aveugle fanatisme; tandis que la Religion chré-
tienne, ne tenant point son existence de la politique
des conventions humaines, doit nécessairement
offrir à ses courageuses victimes des consolations
d'autant plus puissantes que la divinité de son ori-
gine est plus évidemment démontrée.

Encore quelques momens d'indulgente attention,
et c'est ici où les consolations de la Religion vont
se montrer dans tout l'éclat de leur puissance divine; c'est ici où jetant sur la terre ses semences
sacrées dans les cœurs de ses martyrs, elle va, par
les plus affreux sacrifices, préparer une moisson

2

abondante de gloire et de palmes triomphales, au sein
des récompenses sans bornes et dans une durée que le
temps, qui va cesser pour eux, ne pourra plus limiter.

Suivez mes pas, lecteurs ; percez avec moi cette
foule d'une populace cruelle et inhumaine par oi-
siveté ; voyez, s'il se peut, sans horreur, ces gibets,
ces échafauds, ces haches, ces plombs fondus, ces
bourreaux. Pour qui donc sont préparés ces appa-
reils du supplice des scélérats? pour l'homme juste,
vertueux....... et chrétien. Entendez-vous l'affreux
sifflement des verges qui déchirent ses membres,
d'où ruisselle à grands flots son sang versé pour sa
foi et son Dieu. Ne cherchez point à compter ses
plaies ; il n'en a bientôt plus qu'une seule. *Jam pené
totum corpus vulnus est*, et la mort n'a point encore
saisi sa proie !.....

Arrêtez, inhumains !..... de tant de barbarie
La mort se venge ;.... il va périr....

Mais, non,....... un Chrétien, un martyr pour sa
Religion, n'est point un être ordinaire ; sa vertu
naît de son principe, sa force vient du Ciel même,
et dans cet enthousiasme sacré, il brave ses bourreaux.

Ils sont las de frapper, il peut encor souffrir.

Telle est ma strophe 22e, qui, pourtant, n'a
point obtenu plus d'égard que les autres ; et je dois
être persuadé qu'elle ne vaut pas mieux, puisque
sic voluere patres.

Quos penes arbitrium est et jus et norma loquendi.

Mais un tableau plus touchant me reste encore à tracer.

Une mère sept fois martyre, qui, après avoir vu ses sept enfants expirants sous ses yeux dans les tortures les plus affreuses, ma's déjà sept fois consolée par la Religion, se couche et tombe enfin elle-même sur ce lit de douleur, de mort, mais de gloire éternelle; n'était-ce pas là le complément des consolations de la Religion, toujours accessible à la voix du malheur qui l implore?

> *Spectacle déchirant!.... ô tortures cruelles*
> *Qu'une mère dut ressentir,*
> *Quand, dans ses sept enfants, sous sept formes nouvelles*
> *La mort à ses yeux vint s'offrir.*

Et plus bas :

> *Ils meurent, par la foi transformés en héros.*

Cependant pas plus d'égard pour cette situation, commandée par mon sujet lui-même. Mais je me hâte d'arriver au terme de ma carrière.

Ici, je le demande à tout bon Français, à tous les cœurs honnêtes, sensibles et vertueux, pouvais-je l'oublier ce tribut d'hommages tardifs et de regrets, hélàs! trop vains, que la France entière doit au souvenir des vertus d'un Prince chrétien, d'un Roi martyr,

> *Tombé d'un trône auguste où ses nobles ancêtres,*
> *Depuis huit siècles révolus,*
> *Amis de leurs sujets, plus encor que leurs maîtres,*
> *Ne régnaient que par leurs vertus.*

Un monarque méconnu, avili, proscrit et livré à

l'aveugle fureur de ses féroces ennemis. C'est bien dans son extrême abandon qu'il eût besoin de l'appui d'une Religion qui console, je ne dirai point, seulement et nominativement, les *rois*, comme si le poids des calamités humaines ne s'appesantissait pas sur tous les individus, par la raison que, monarques et bergers, tous sont des hommes, et comme si, en désignant spécialement les *rois*, on pouva t regarder les consolations de la Religion, pour eux, ou comme une faveur particulière ou comme une singularité bien étrange. Il passe, le héros sublime de ma 24e strophe, sa dernière nuit à mesurer l'espace de la terre aux cieux que va bientôt franchir sa belle âme; il la passe à s'identifier avec son Dieu, en se munissant du pain sacré, divin aliment de son pieux voyage; et l'aurore du lendemain entend ses derniers accents,...... et c'est un pardon qu'il implore pour ses meurtriers!

Ton cœur toujours aimant priait pour tes bourreaux.

Et n'aurais-je point raison de placer ici ce vers que m'inspire la similitude :

Il vécut comme un sage, et mourut comme un Dieu,

(en pardonnant de même)....... *Pater! dimitte illis.*

Voilà le martyr de nos jours dont j'ai cru le grand exemple bien fait pour établir la conviction des motifs puissants d'une Religion consolatrice; et l'époque de la Saint-Louis me prescrivait la loi de payer la dette d'un cœur français au plus juste, au plus vertueux , comme au plus infortuné des Princes.

Mais à quoi pourraient servir, à quoi devraient donc aboutir pour l'homme environné d'entraves pendant sa vie, et mourant au sein d'une espérance frivole, des consolations momentanées et par conséquent chimériques, que l'erreur d'un fanatisme aveugle a pu de même procurer dans les religions factices dont j'ai parlé dans les 15ᵉ et 16ᵉ strophes de cet ouvrage, si un prix plus certain n'attendait pas, au bout de leur pénible carrière, les courageux athlètes de cette Religion divine, éternelle; ces athlètes vainqueurs des tyrans, de la mort et d'eux-mêmes? Voilà l'objet moral de ma 25ᵉ strophe, quand, à l'époque terrible du bouleversement général de la nature, environnée de ses élus dociles autrefois à la voix de ses consolations, elle viendra, cette Religion, jouir du prix de ses tendres sollicitudes, et établir la durée de leur gloire éternelle

Sur les vastes débris des mondes écroulés.

Il ne me reste plus rien à dire sur mon ouvrage ; je dois seulement observer que je n'ai voulu prescrire à personne la manière de le juger ; en protestant de plus de mon profond respect pour l'Académie, avec laquelle il m'est bien pénible d'être obligé de lutter en ce moment avec des armes inégales, sans doute, comme je l'ai fait dans le concours. Mais, du sommet de la gloire au néant d'un oubli total, l'intervalle est celui du sommet des cieux aux vastes cavités de la terre ; et j'ai dû me sentir un peu froissé d'une pareille chûte.

. Ce qui me console, c'est que je ne suis coupable d'aucun plagiat, pas même d'aucune imitation. Toutes mes pensées et mes expressions sont de moi ; mon cadre est vrai, mes personnages sont de même fidélement placés d'après l'autorité des traditions ; je n'ai point traité *le triomphe et l'empire de la Religion* au lieu de *ses consolations* ; enfin, je n'ai point présenté à l'Académie une fable, un roman ; et je n'ai point surtout placé mes héros dans des situations où ils ne se seraient jamais trouvés. Et si mon style n'a point paru offrir assez de prétention au luxe et à la pompe dramatique, c'est que, dans une *ode morale et sacrée,* je devais être plus vrai que brillant, plus fort en images qu'en mots, tandis que dans un poëme, dont l'imagination se revendique presque tous les frais, il est plus facile de séduire que de toucher.

Au reste, je n'ai point tant à regretter : partout où j'ai trouvé des cœurs sensibles et religieux, je me suis plu à lire mon ouvrage ; et tandis que l'Académie s'occupait à l'analyser froidement, moi j'ai vu couler les larmes du sentiment des yeux de mes auditeurs attendris, et c'est assez pour la Religion et pour moi.

L'HOMME

AUX PRISES AVEC LE MALHEUR,

ou

LES CONSOLATIONS

DE LA RELIGION.

ODE MORALE ET SACRÉE.

QUEL jour, à ses rayons, vient d'allumer la flamme
    Qui brûle et dévore mon cœur ?
D'où naissent ces accents, qui portent dans mon âme
    La voix d'un Dieu consolateur ?
Ah! je te reconnais, du Très-Haut noble fille,
    Objet de nos vœux éternels.....
Ta patrie est aux Cieux, le monde est ta famille,
    Ton culte est l'amour; tes autels,
Où d'un faste orgueilleux jamais l'éclat ne brille,
S'élèvent dans le sein des vertueux mortels.

Fuyez, de l'Hélicon mensongères idoles !
     Ce n'est point de vous, aujourd'hui,
Que ma muse égarée en ses élans frivoles,
     Doit implorer le frêle appui.
Mon sujet, mes accents, inspirés du Ciel même,
     Tout est grand, sacré, dans mes vers :
C'est la Religion, dont l'ascendant suprême,
     Sous ses lois courbant l'univers,
Console le mortel qui l'honore et qu'elle aime,
Et le conduit aux Cieux triomphant des revers.

Viens donc, viens à ma voix, ô Religion sainte !
     Animer mes nobles transports,
Et de ton sceau divin, que la céleste empreinte
     S'attache à mes faibles efforts.
Mais avec toi, surtout, amène l'Espérance ;
     L'Espérance !.... Divinité
Qui partage à la fois, et ta céleste essence,
     Et tes soins pour l'humanité ;
Et s'enferme avec nous, quand finit l'existence,
Dans le sein des tombeaux et de l'éternité.

Et toi, qui, des autels pieuse Messagère,
     Par un accord religieux,
Unissant l'homme à Dieu, douce et sainte Prière,
     Porte à ses pieds nos humbles vœux.
Qu'avec toi, sur l'élan de ton aîle rapide,
     S'élève mon plus grand désir !....
De la Foi, dans les cœurs qu'un revers intimide,
     Ah ! si l'accent peut retentir ,

L'homme apprendra, plus fort sous sa puissante égide,
Comment, pour être grand, il doit savoir souffrir.

Souffrir!..... à ce mot seul la nature s'allarme,
    Et l'œil se ferme épouvanté.
Ainsi que sans vigueur, le courage est sans arme,
    Pour combattre l'Adversité.
Mais ce monstre hideux, terrible, épouvantable,
    Qui du cœur brise les ressorts,
Osons l'envisager d'un front inaltérable,
    Et braver ses premiers abords :
De la Religion le secours favorable,
Jamais, de la vertu, n'a trompé les efforts.

Ame de l'univers, sublime Providence,
    Permets, qu'adorant tes décrets,
De tes desseins profonds ma faible intelligence
    Ose interroger les secrets.
Des Cieux, par les effets, vain, profane interprète,
    A tort l'homme souffrant gémit;
Il appelle malheur le coup qui, sur sa tête,
    A l'imprévu s'appesantit;
L'insensé!...., qu'il réprime une plainte indiscrète!
Le bras qui l'a frappé, l'éprouve..... ou le punit.

Autrement le malheur, qui n'est pas, qu'on accuse
    D'une injuste sévérité;
Sous un titre abusif serait toujours l'excuse
    De l'heureuse perversité.
Mais, cessant d'ajouter l'audace à l'injustice,
    Bien loin de murmurer tout bas,

Quand, de ses traits aigus, l'infortune hérisse
  La voie où s'empreignent vos pas;
Ah! plutôt, sous le poids d'un destin peu propice,
Coupables, courbez-vous et ne l'accusez pas.

———

A peine, ouvrant au jour sa débile paupière,
  L'enfant, né sujet du malheur,
Innocent, mais chargé d'un crime héréditaire,
  Jette un premier cri de douleur .
D'un sinistre avenir pressentiment funeste !
  A-t'il déjà vu l'appareil
Des maux qui, de ses jours, vont obscurcir le reste ?
  O! Ciel, prolonge son sommeil,
Du calme de ses sens indice manifeste;
Pauvre enfant! trop d'assauts l'attendent au réveil.

———

Mais, hélàs! s'il ne verse encore que des larmes
  Qui ne contristent point son cœur,
Plus tard, des passions les terribles allarmes
  En auront chassé le bonheur.
J'entends à l'horison murmurer la tempête,
  Dont les dangereux élémens
Lentement condensés, vont, grondant sur sa tête,
  D'épouvante frapper ses sens :
Et d'un ciel pur encor, l'orage qui s'apprête,
N'est peut-être éloigné que de quelques momens.

———

Cependant il s'avance, il approche, il éclate
  Au sein du plus affreux fracas.....
Dans sa marche pressé, tel le crime se hâte
  D'exercer ses noirs attentats.

Dans a nuit des forfaits déjà la sombre envie
　　　Médite un obstacle au succès ;
La vaste ambition, l'active jalousie
　　　　Y concertent leurs noirs projets ;
Et la vengeance atroce arme la perfidie
Des poignards instruments de ses crimes secrets

＝＝＝＝＝

Voilà, voilà pourtant l'audacieux coupable,
　　　Qui, de ses maux, de ses revers,
Ose accuser le sort, dont la rigueur l'accable,
　　　　Quand il en est l'auteur pervers.
Qu'il sente du remords la pointe déchirante,
　　　Et qu'en son funeste abandon,
Il invoque le Ciel dont il trompa l'attente !
　　　　L'indulgente Religion,
Qui pardonne à l'erreur, que le crime épouvante,
N'adoucit que les maux que l'on souffre en son nom.

＝＝＝＝＝

Oui, la Religion, malgré son indulgence,
　　　Pour consoler ou pour punir,
Elle-même a jugé l'incroyable distance
　　　　Du remords au vrai repentir.
L'un est ce morne effroi né de l'horreur du crime,
　　　Sur ses pas vautour assidu ;
L'autre, est pour l'imprudent de ses erreurs victime,
　　　　Mais au bien déjà revenu,
Cet élan qui, du cœur interprète sublime,
De l'accent de l'amour appelle la vertu.

O ! combien il est grand, au sein de la détresse,
    Celui qui, jouet du Destin,
N'oppose à sa fureur, qui le poursuit sans cesse,
    Qu'un cœur enclos d'un triple airain;
Et s'il est un moment où le Ciel, sur la terre,
    Fixe ses regards satisfaits,
C'est quand l'homme de bien, avec le sort en guerre,
    S'occupe à repousser ses traits;
Et qu'il attend d'en haut, pour sa vertu sévère,
Et l'appui du courage, et le prix du succès.

───

Mais, des temps et du monde interrogeons l'histoire;
    Là, dans plus d'un culte inventé,
De la Religion je veux chercher la gloire,
    Et trouver son éternité :
D'abord, je vois la crainte adresser la première
    Ses vœux à la nécessité;
Et de chaque élément, d'une vile matière,
    Se faire une divinité.
Tel l'aveugle se plaît, ignorant la lumière,
Dans le néant de l'ombre et de l'obscurité.

───

Ici, c'est l'Indien, sous un brûlant solstice,
    Qui, par un faux zèle entraîné,
Offre à Brama, jaloux d'un cruel sacrifice,
    Un front lentement calciné.
Ailleurs, c'est un bon fils saintement parricide,
    Qui prévient, par humanité,
En portant sur son père un fer que l'erreur guide,
    Les maux de la caducité.

Quelle Religion que celle où l'homicide
Se pare du beau nom de tendre piété !

———

C'en est une, pourtant ; mais informe et bizarre,
  Par qui le crime est consacré ;
Où, par d'affreux devoirs, l'homme devient barbare,
  Mais moins coupable qu'égaré.
Chrétiens !...... c'est à nous seuls qu'il convient de connaître
  L'innocente et douce pitié ;
Et par quels nœuds sacrés le bonheur de notre être
  Au bonheur commun est lié.
Souffrir, mais espérer,.... à la Foi se soumettre,
Sous un plus noble joug peut-on être plié ?.....

———

Des climats où, du jour, le Dieu de la lumière
  Annonce le retour heureux.
Aux lieux où, fatigué de sa longue carrière,
  Dans l'onde il amortit ses feux ;
Du Midi jusqu'à l'Ourse, à travers mille obstacles,
  Voilà cette Religion,
Dont le sang des martyrs, de la Foi saints oracles,
  A fondé l'empire et le nom ;
Une, et dont la durée est un de ces miracles
Si fréquents aux beaux jours de l'antique Sion.

———

C'est elle dont la voix douce et compatissante,
  Met un baume sur la douleur,
Qui partage avec nous la charge trop pesante,
  Que nous impose le malheur.
Et comme un voyageur, déjà cassé par l'âge,
  Partant pour un pays lointain,

Pour affermir ses pas et doubler son courage,
    D'un appui doit armer sa main :
C'est la Religion dont le bras nous soulage,
Qui pour nous de la vie aplanit le chemin.

***

C'est par elle que l'homme, abjurant le murmure,
    Sait, par un généreux effort,
Au milieu des tourments, défiant la nature,
    Savourer lentement la mort.
Partout d'un doigt divin, il adore l'empreinte.
    Ou si, pour obscurcir ses jours,
D'un destin moins affreux il éprouve l'atteinte,
    Sans chercher un autre recours,
Il élève les yeux vers la montagne sainte ;
C'est delà, delà seul, qu'il attend un secours,

***

Du faîte des grandeurs, du sein de l'opulence
    Tombé,... souffrant et malheureux,
Qu'il cherche en ses amis quelque reconnaissance
    De ses biens, prodigués pour eux.
O ! de l'ingratitude expérience utile.
    Loin qu'on doive s'en étonner !
Peut-être, on le plaindra ; l'égoïsme indocile
    A la pitié doit se borner.
Du moins, il apprendra que la pitié stérile
N'a pas même, au malheur, une larme à donner.

***

Mais bientôt, à ses yeux, le malheur qu'il redoute,
    Va changer d'objet et de nom.
Il entend une voix qui le frappe, il écoute ;
    Et c'est sa dernière leçon.

« Mortel désabusé, de regrets économe,
    » Apprends enfin à juger mieux
» L'infortune a chassé ce dangereux fantôme
    » Qui trompait ton cœur et tes yeux ;
» Et c'est par le malheur qu'abandonné de l'homme,
» L'homme, avec moins d'efforts, se rapproche des cieux. »

Que vois-je ! de ses coups la verge meurtrière
    Frappe et déchire l'innocent ;
Son courage a perdu sa fermeté première,
    Et sa douleur n'a plus d'accent.
Arrêtez, inhumains !.. de tant de barbarie
    La mort se venge ;.. il va périr...
Non ; la Religion tendre et dernière amie,
    Dont la main vient le soutenir,
Dispute à ses tyrans les restes de sa vie :
Ils sont las de frapper, il peut encor souffrir.

Spectacle douloureux !... ô ! tortures cruelles
    Qu'une mère dut ressentir,
Quand, dans ses sept enfants, sous sept formes nouvelles,
    La mort à ses yeux vint s'offrir.
Long-temps des forcenés l'ingénieuse adresse
    S'épuise en des tourments nouveaux ;
Mais la Religion que leur gloire intéresse,
    Pour triompher de leurs bourreaux,
Des enfants, de leur mère a vaincu la faiblesse ;....
Ils meurent, par la Foi transformés en héros.

Tombé d'un trône auguste, où ses nobles ancêtres,
    Depuis dix siècles révolus,
Amis de leurs sujets, plus encor que leurs maîtres,
    Ne régnaient que par leurs vertus,
Infortuné Louis ! quel monstre sanguinaire
    Termina tes destins si beaux !
Quel fils ingrat osa, sur son roi, sur un père,
    Fermer les portes des tombeaux ?
Hélàs !.. mourant victime, à ton heure dernière,
Ton cœur, toujours aimant, priait pour tes bourreaux.

Mais, pour tant de vertus, au sein de la souffrance,
    Pour ce généreux abandon
Des rangs et des grandeurs, même de l'existence,
    C'est toi, sainte Religion,
Qui, des maux passagers effaçant la mémoire,
    En des cœurs par toi consolés ;
Dans ce jour tant promis, d'éternelle victoire,
    Avec tes élus rassemblés ;
Fonderas ton empire, établiras leur gloire,
Sur les vastes débris des mondes écroulés.

www.ingramcontent.com/pod-product-compliance
Lightning Source LLC
Chambersburg PA
CBHW061605180626
46818CB00005B/1968